Adaptation : Vanessa Rubio-Barreau.
Conception graphique et mise en pages : Le chalet graphique

Hachette Livre, 58, rue Jean-Bleuzen, 92178 Vanves Cedex.

Disney

Raya et le dernier dragon

Le roman du film

hachette JEUNESSE

Raya

Raya est la princesse de Cœur du dragon et la digne gardienne de la Pierre. Autrefois, son père, surnommé « ba », régnait sur le royaume et protégeait la Pierre du dragon, mais il fut pétrifié par le terrible Druun. Désormais, Raya, toujours accompagnée de son fidèle Tuk Tuk, n'a qu'un but dans la vie : trouver un moyen pour redonner la vie à son ba.

Sisudatu

Surnommée « Sisu », elle est la plus jeune d'une grande famille de légendaires dragons. Il y a bien longtemps, elle s'est sacrifiée pour sauver la Terre avec ses pouvoirs magiques, et aujourd'hui, Raya l'a ramenée à la vie pour qu'elle fasse la même chose. Mais le monde a bien changé et Sisu est perdue ! C'est une éternelle optimiste et la dragonne voit toujours le meilleur en chaque personne.

Prologue

Il y a bien longtemps, dans un pays nommé Kumandra, les hommes vivaient en harmonie avec les dragons d'eau. C'était un véritable paradis.

Hélas, vint le Druun, qui changeait tout ce qu'il touchait en pierre. Les dragons le combattirent vaillamment pour sauver l'humanité, mais tous furent pétrifiés.

Bientôt, il n'en resta plus qu'un.

Alors que tout semblait perdu, Sisudatu, la dernière dragonne, rassembla tous ses pouvoirs magiques dans une pierre précieuse. Elle grimpa au sommet de la plus haute montagne de Kumandra... et fit tout exploser.

Quand la poussière retomba, le Druun avait disparu… et Sisudatu aussi.

Les humains changés en statues revinrent à la vie, mais pas les dragons. Tout ce qui restait de Sisu, c'était cette scintillante Pierre du dragon bleue.

Sans les dragons, la paix et l'harmonie volèrent en éclats. Kumandra fut divisée en cinq terres ennemies – Queue, Dos, Griffe, Croc et Cœur du dragon – qui se battirent pour la Pierre. Il fallut la cacher.

Elle est désormais en sécurité à Cœur du dragon dans une chambre secrète, gardée par le chef Benja, la plus fine lame de tout Kumandra. Personne n'a jamais réussi à s'en approcher… jusqu'à aujourd'hui.

CHAPITRE 1
La gardienne de la Pierre

Raya a douze ans. Le jour qu'elle attend depuis si longtemps est enfin arrivé ! La jeune guerrière se prépare : elle enfile ses gants, croise ses bâtons de combat dans son dos et noue un masque noir sur son visage. Puis elle se faufile dans la nuit jusqu'à la forteresse de Cœur du dragon, perchée au sommet d'une arche de pierre.

Elle trouve la porte secrète enfouie sous les lianes, puis se glisse à l'intérieur. À la lueur des torches, Raya distingue les dragons gravés sur les parois du tunnel. Tiens, c'est étrange, un pavé dépasse légèrement des autres… Elle le touche avec précaution. *Zip !* Un filet tombe du plafond, mais elle l'esquive d'une roulade arrière.

– Quelqu'un veut jouer au plus malin, murmure-t-elle.

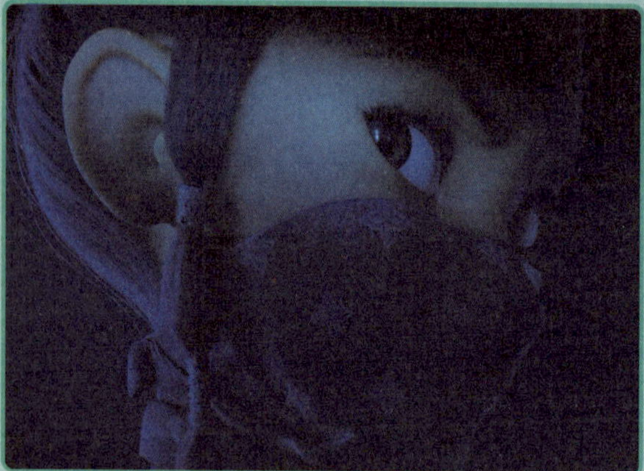

Elle tire alors de son sac une boule d'écailles qui se déplie, révélant deux yeux noirs et un museau poilu.

– À malin, malin et demi ! Allez, Tuk Tuk, à toi de jouer !

Le petit animal roule dans le tunnel pour déclencher tous les pièges. Une fois le dernier filet tombé, Raya rampe en dessous pour le rejoindre.

– Bien joué, Tuk Tuk ! le félicite-t-elle avant de le remettre dans son sac.

Devant eux se dresse une grande porte ronde. Raya tire ses bâtons de combat et ôte ses chaussures pour la franchir. Elle se fige sur le seuil, émerveillée. Des fleurs bleues brillent dans la pénombre, telles des étoiles, et une cascade d'eau turquoise défie la gravité pour remonter une volée de marches. Voici la chambre secrète…

Quatre immenses statues de dragons soutiennent une voûte de pierre ouverte sur le ciel au-dessus d'un bassin. En son centre, suspendue dans les airs, scintille la Pierre du dragon. Il suffit de sauter d'un rocher à l'autre pour l'atteindre.

« Hum… Ça paraît un peu trop facile ! » se dit Raya.

Elle lève alors les yeux et voit un guerrier au masque d'or se dresser entre elle et la Pierre. Raya brandit ses bâtons.

– Chef Benja, tu n'arriveras pas à m'arrêter !

La voix grave du guerrier résonne derrière le masque :

– Tu ne mettras pas un pied dans le cercle de la Pierre !

– Alors sors ton épée car tu vas en avoir besoin !

– Pas aujourd'hui, répond-il d'un ton assuré.

Raya se penche vers la gauche, espérant le prendre par surprise, mais il lui bloque le passage. Elle fait tournoyer ses bâtons dans les airs, hélas, chaque fois, il les esquive.

Quand elle croit avoir réussi, d'un revers de main, le chef la désarme. Ses bâtons tombent par terre avec fracas.

Raya s'affale, le souffle coupé. Le guerrier se dresse au-dessus d'elle. Ils se dévisagent longuement, puis, de la pointe de son épée, toujours dans son fourreau, il lui touche le bout du nez.

– Pouet !

Il soulève son masque et lui sourit, les yeux brillants de fierté paternelle.

– Je t'avais bien dit que tu ne mettrais pas un pied dans le cercle. Tu as perdu.

Raya hausse un sourcil.

– Tu crois ça, ba ?

Son père baisse les yeux. Raya touche le cercle de la pointe des orteils.

Il lui tend la main, l'invitant à le rejoindre à l'intérieur du cercle.

– Tu as réussi l'épreuve, Jolie fleur. Depuis des générations, notre famille protège la Pierre. Aujourd'hui, tu me rejoins dans cette mission.

Dans ses mains en coupe, il prend un peu d'eau dans le bassin et lui verse sur la tête. Les gouttelettes scintillent et tournoient, bleues comme la pierre magique.

– Raya, princesse de Cœur du dragon, ma fille : te voilà gardienne de la Pierre.

CHAPITRE 2

En sortant de la chambre secrète, Benja pose la main sur l'épaule de sa fille.

– Jolie fleur, j'ai une nouvelle à t'annoncer : les autres peuples sont en route.

– Quoi ? hurle Raya, paniquée. Il va nous falloir des arcs, des catapultes…

– Que dirais-tu plutôt de beignets de crevette, de riz à la citronnelle et de pousses de bambou ?

– Pour les empoisonner ?

– Non, pour manger tous ensemble. Je les ai invités.

– Mais ce sont nos ennemis ! proteste-t-elle.

– Seulement parce qu'ils sont jaloux. Ils pensent que la Pierre du dragon nous apporte des privilèges… Je vais leur montrer que c'est faux et gagner leur confiance pour que tous ensemble, nous puissions reformer Kumandra.

Le lendemain, vêtue de soie bleue et dorée, Raya et son père vont accueillir les chefs des quatre autres terres au bout du pont qui relie l'île de Cœur à la rive. Chacun est venu accompagné d'une horde de guerriers lourdement armés.

Son père écarte les bras.

– Peuples de Queue, Griffe, Dos et Croc, bienvenue à Cœur du dragon. Nous sommes ennemis depuis trop longtemps, mais aujourd'hui nous entrons dans une nouvelle ère. Nous allons reformer Kumandra !

– Pourquoi nous avoir fait venir ? Pour nous voler ? le coupe la chef de Queue du dragon.

– Ils n'en ont pas besoin, ils ont déjà tout ! siffle Dang Hai, l'imposant chef de Griffe du dragon.

– Oui, facile de faire de beaux discours quand on possède l'arme la plus puissante de toutes les terres ! affirme le chef de Dos du dragon, un guerrier emmitouflé de fourrures.

– La Pierre n'est pas une arme, c'est une relique sacrée, corrige chef Benja.

Les guerriers commencent à s'énerver, ça ne se passe pas du tout comme son père l'avait prévu. Raya avance d'un pas.

– J'ai quelque chose à dire…

Le silence se fait.

– … Qui a faim ?

Seul un guerrier de Dos du dragon ose lever la main, mais il la baisse vite, sous les regards furieux des autres.

Un petit rire résonne alors. C'est une jeune fille de l'âge de Raya.

– J'ai faim, moi ! Je peux y aller ? demande-t-elle à sa mère, Virana, la chef de Croc du dragon.

– Oui, vas-y.

Comme elle, la princesse de Croc est vêtue de soie blanche. Une longue mèche de cheveux noirs lui tombe dans les yeux, tandis que l'autre côté de son crâne est rasé.

– Je m'appelle Namaari.

– Salut, moi, c'est Raya.

Voyant les deux nouvelles amies traverser le pont bras dessus bras dessous, les adultes se détendent un peu. Les guerriers baissent les armes et suivent leurs chefs jusqu'à la salle de banquet où un festin les attend.

Mais tous se jettent des regards soupçonneux. Seuls Raya et Namaari ont l'air de s'amuser. Elles bavardent gaiement devant leurs assiettes bien remplies, avec Tuk Tuk à leurs côtés.

– On a tant de points communs ! s'exclame Namaari. On a toutes les deux des parents pénibles, on est toutes les deux des guerrières qui détestent les froufrous…

– Et on est toutes les deux fans de Sisu ! complète Raya en désignant le pendentif dragon de Namaari.

– Tu sais… On dit qu'elle est toujours vivante, chuchote-t-elle.

Raya écarquille les yeux.

– Ah bon ?

Namaari tire un parchemin ancien de sa manche.

– La légende raconte qu'après avoir fait exploser le Druun, Sisu est tombée dans l'eau, a dérivé… et qu'elle dort toujours au bout de la rivière.

– Waouh ! souffle Raya. Si on la retrouvait, on pourrait réunifier Kumandra pour de bon…

Namaari ôte alors son collier et le lui donne.

– Tiens, pour toi !

– Merci ! murmure Raya en admirant le pendentif. Viens avec moi, je vais te montrer quelque chose, *dep la*.

Elle emploie cette expression qui signifie « meilleure amie » pour lui montrer qu'elle lui fait confiance, comme son père le lui a demandé. Sans se faire voir des adultes, elle se lève et entraîne Namaari hors du palais.

Tuk Tuk finit les assiettes d'un coup de langue avant de les suivre.

CHAPITRE 3

Le Druun

Raya conduit Namaari dans le tunnel qu'elle a emprunté la veille. En tant que gardienne de la Pierre, elle sait maintenant désactiver les pièges.

Quand Namaari entre dans la chambre secrète, elle s'incline devant la Pierre en murmurant avec respect :

– L'esprit de Sisu, je le sens !

– Oui, c'est tout ce qui nous reste de la magie des dragons, murmure Raya.

– Merci beaucoup, *dep la,* réplique Namaari d'un ton glacial.

Et elle la pousse violemment. Raya tombe par terre, sous le choc.

– Dans un monde différent, on aurait pu être amies. Mais je dois penser à l'avenir de Croc du dragon !

Raya se relève d'un bond pour lui bloquer le passage, seulement Namaari est aussi une guerrière. Raya pare chacun de ses coups, mais combien de temps pourra-t-elle tenir ? La voyant en difficulté, Tuk Tuk se roule en boule et fonce dans les chevilles de Namaari, qui l'écarte d'un simple coup de pied.

Raya profite de cet instant de distraction pour la faucher. Namaari s'écroule, mais bizarrement, elle sourit. Elle tire alors une fusée des plis de sa robe et l'allume.

Au palais, chef Benja a enfin réussi à réunir les autres chefs autour de lui. Il est en pleine discussion avec Virana quand une gerbe d'étincelles rouges explose dans le ciel. Il ne comprend pas : il n'avait pourtant pas prévu de feu d'artifice !

Les guerriers de Croc se lèvent comme un seul homme et foncent vers la porte. Benja se retourne vers Virana pour lui demander des explications, mais elle a disparu.

Raya et Namaari sont toujours en train de se battre lorsque l'armée de Croc fait irruption dans la chambre secrète. Cette fois, Raya panique vraiment. Ils sont bien trop nombreux pour elle ! Mais en tant que Gardienne, elle doit protéger la Pierre. Elle se redresse donc de toute sa hauteur quand, soudain, une silhouette noire tombe du ciel et atterrit à côté d'elle. Son père !

Il repousse les soldats de Croc un à un, à l'aide de son épée qui se change en fouet.

– Qu'est-ce qui se passe ici ? demande soudain une voix bourrue.

Le chef de Dos du dragon surgit dans la chambre secrète avec ses hommes. Le pire, c'est qu'il n'est pas seul : les armées de Queue et de Griffe sont juste derrière ! Ils contemplent la pierre scintillante avec de grands yeux.

– Ceux de Croc veulent s'emparer de la Pierre ! s'écrie le chef de Dos. Mais c'est à nous de la prendre !

– Essayez toujours ! le défie le chef de Queue. Elle est pour nous !

Sous le regard horrifié de Raya, les guerriers de tous les clans lèvent leurs armes. Ça va être un vrai bain de sang !

Son père hausse alors le ton :

– Écoutez-moi ! Nous avons le choix : nous entretuer ou essayer de construire un monde meilleur ensemble.

Devant les guerriers stupéfaits, il rengaine son épée. Le temps semble suspendu. Personne ne bouge.

Soudain un sifflement rompt le silence. *Zip !* La flèche d'un soldat de Croc fend les airs et se plante dans la jambe de Benja. Raya se rue à son secours. Les autres chefs en profitent pour se jeter sur la Pierre. Le magnifique cristal bleu passe de main en main.

– Elle est à nous !

– Non, à nous !

CLANG ! La Pierre du dragon tombe et se brise en cinq morceaux.

Aussitôt, un violent tremblement de terre ébranle la pièce. Le sol de pierre se fendille et une ombre en surgit. Noire comme la nuit, avec des reflets violets…

– Le Druun…

Pour la première fois de sa vie, Raya voit la peur dans les yeux de son père. Les guerriers ont beau tirer des flèches sur la créature, elles passent au travers.

Comme l'ombre fond sur lui, chef Benja brandit un fragment de la Pierre du dragon. Le Druun recule.

– Elle a encore des pouvoirs magiques ! s'écrie l'un des chefs.

Aussitôt, les quatre autres chefs s'emparent chacun d'un morceau de la Pierre et détalent avec leurs armées.

– Viens, ba !

Raya soutient son père et ils parviennent à sortir du tunnel, poursuivis par le Druun. Mais au milieu du pont, chef Benja s'écroule. Il lui tend le fragment de cristal bleu ainsi que son épée magique.

– Tu es la gardienne de la Pierre du dragon, Raya. Tant qu'elle brille, il y a de l'espoir. Alors file…

– Non, ba ! Je ne peux pas te laisser.

– Je t'aime, Jolie fleur, dit-il en l'embrassant. N'oublie pas : le Druun craint la Pierre du dragon… et l'eau !

Puis il la pousse dans la rivière juste au moment où le Druun s'abat sur lui.

Quand Raya émerge, elle voit son père transformé en statue sur le pont.

– Ba ! hurle-t-elle tandis que le courant l'emporte.

CHAPITRE 4

Sisudatu

Raya se retrouve seule avec son fidèle Tuk Tuk. Elle a alors une idée : le parchemin de Namaari va l'aider à retrouver le dernier dragon ! C'est son seul espoir pour ranimer son père. Elle vole donc le précieux document pour entreprendre une quête à travers tout Kumandra : au fil des semaines, des mois, des années, elle remonte chacune des rivières de Cœur, celles de Griffe, de Dos, de Croc, jusqu'à leur source, à la recherche de Sisudatu… En vain !

Au bout de six ans, Raya arrive à Dos du dragon, le dernier territoire sur sa carte. La petite fille est devenue une belle jeune femme aux longs cheveux bruns. Le Druun s'est dédoublé partout dans le royaume, et de plus en plus de statues apparaissent dans les villes. Quant à Tuk Tuk… il a énormément grossi. Elle chevauche sur son dos, fonçant à vive allure à travers le désert.

Où pourrait se cacher un dragon d'eau dans un paysage si sec ? Raya aperçoit de grands rochers à l'horizon. Le parchemin indique qu'une rivière coule au fond du canyon.

– Alors allons-y !

Soudain un Druun jaillit d'une fissure dans le sol. Raya a juste le temps de sortir son fragment de Pierre. La créature maléfique rentre vite dans sa cachette.

Raya s'aperçoit que le pauvre Tuk Tuk est sur le dos. Elle doit le pousser de toutes ses forces pour le remettre sur pattes.

– *Pouf !* Tu deviens un peu trop gros pour ça ! halète-t-elle.

Au fond du canyon, Raya et Tuk Tuk suivent un petit ruisseau jusqu'à une paroi de pierre. Voilà, c'est la fin.

Serrant son pendentif de dragon dans son poing, elle murmure :

– Sisudatu, si vous m'entendez... J'ai remonté toutes les rivières et voici la dernière. J'ai vraiment besoin de votre aide pour retrouver mon ba...

Elle prend une profonde inspiration, puis verse une petite fiole d'eau sur le pendentif en entonnant sa prière :

– *Suva de dra sim. Mandra de dra lim. Bavaa de dra tomben…*

Elle attend… Rien ne se passe. Six années de recherches pour rien…

Retenant ses larmes, elle tourne les talons, avant de remarquer une chose étrange. L'eau du ruisseau coule à l'envers ! Des gouttelettes s'en échappent et montent dans les airs pour former un gros nuage. À l'intérieur, une silhouette se dessine…

– Où suis-je ? fait une voix rauque. Pengu ? Amba ? Pranee ?

– Ô, puissante Sisu ! s'exclame Raya en s'inclinant.

– Qui a dit ça ?

La dragonne a un corps tout en longueur, couvert de poils bleu-vert, une crinière argentée, de grands yeux violets et une crête en forme de flamme. Elle se retourne brusquement, renversant Raya.

– Oh, excuse-moi, je ne t'avais pas vue.

Elle la saisit par une jambe et l'époussette.

– Sisu ! C'est vous, Sisu ! répète Raya.

– Exact. Et toi, tu es… une humaine ! Comment t'appelles-tu ?

– Raya.

– Et tu n'es pas en pierre, ce qui signifie… que ça a marché !

La jeune fille rougit.

– Oui, ça a marché, mais…

Elle lui raconte les derniers événements tout en sortant son morceau de Pierre du dragon de son sac.

– Tu l'as cassée ? rugit Sisu. Ce n'est vraiment pas bon… J'ai dormi cinq siècles, le Druun est revenu… mais aucun de mes frères et sœurs dragons ? Et en plus, tu as cassé la Pierre !

– Vous ne pouvez pas en créer une autre ?

– Eh bien non, parce que… en fait, ce n'est pas moi qui l'ai créée, avoue la dragonne, penaude.

Elle saisit le fragment entre ses griffes.

– Oh, waouh ! Vous brillez ! s'exclame Raya.

Sisu se retourne pour regarder sa queue.

– Ah ouais, c'était le pouvoir de ma petite sœur. Chaque dragon a un pouvoir particulier. Moi, par exemple, je nage super bien.

– Ça veut dire que vous êtes toujours connectée à la magie de la Pierre ! affirme Raya, pleine d'espoir.

Et que si on récupère tous les autres morceaux de la Pierre du dragon, vous pourrez ramener mon ba.

– Et sauver le monde ! complète Sisu, enthousiaste.

CHAPITRE 5

La quête des fragments

Raya décide de commencer par Queue du dragon.

En arrivant devant le temple, Sisu demande :

– Qu'est-ce qui te fait penser que la Pierre est là ?

Elle a à peine fini sa phrase qu'un tronc hérissé de pics s'abat sur eux. Raya la plaque au sol juste à temps en répliquant :

– Bizarrement, je ne crois pas que ces pièges soient arrivés là tout seuls !

Laissant Tuk Tuk à l'extérieur, la dragonne et la jeune fille s'introduisent dans le temple. Des filets, des herses et même des insectes explosifs ont été installés partout pour décourager les voleurs. La chef de Dos tient vraiment beaucoup à son éclat de pierre…

Alors que Raya déjoue les dispositifs un à un, Sisu traîne derrière en grommelant :

– Pourquoi tu m'as déguisée comme ça ? Les dragons ne portent pas de cape ni de chapeau.

– Justement, c'est pour passer incognito.

– Et tu as un cadeau pour la chef de Queue ? s'inquiète-t-elle.

– Pas besoin, réplique Raya.

Au bout du parcours d'épreuves, elles pénètrent dans une grotte. Un précipice les sépare d'un promontoire rocheux où se dresse un arbre mort. Au creux de son tronc, un squelette tient le fragment de Pierre serré entre ses phalanges.

– Bon… Voilà la chef de Queue du dragon, annonce Raya. Il faut croire qu'elle gardait si férocement la Pierre qu'elle s'est retrouvée prisonnière de ses propres pièges.

– Quel dévouement ! commente Sisu.

– Allez, accrochez-vous à moi.

Raya se sert de son épée comme d'une perche pour traverser

le fossé. Elle prend son élan, saute… mais s'arrête brusquement à mi-chemin. En se retournant, elle voit que Sisu a toujours les pattes arrière de l'autre côté.

– Ah ! Désolée ! Je n'avais pas compris, marmonne la dragonne. On saute, OK !

Arrivée devant l'arbre mort, Sisu tend la patte pour s'emparer de l'éclat, quand soudain…

– STOP !

Raya a repéré un câble qui relie sûrement la main du squelette à un dernier piège. Comment prendre l'éclat sans le déclencher ? La jeune fille ramasse un bâton et le glisse entre les doigts du squelette au moment où elle saisit la Pierre.

– Hop ! Et de deux ! s'écrie-t-elle en lançant l'éclat à Sisu. Plus que trois !

Au moment où le cristal touche sa patte, la dragonne disparaît… À sa place apparaît une femme à la magnifique crinière argentée et aux yeux violets, toute vêtue de bleu-vert.

– Ça alors ! Je me suis changée en humaine ! C'était le pouvoir de ma sœur Pranee… Maintenant que je ne suis plus obligée de me cacher, ça va être un jeu de dragonnet de récupérer les éclats.

– Celui-ci, c'était le plus facile, rétorque Raya. Les autres sont gardés par une bande d'affreux Binturis !

– Des Binturis ? Ce n'est pas très sympa d'appeler ta vieille amie comme ça ! fait une voix à l'entrée de la grotte.

CHAPITRE 6

Course poursuite

Même si Raya n'a pas vu Namaari depuis six ans, elle la reconnaît à sa coiffure, un côté long et l'autre rasé. Elle est entourée de guerriers de Croc, chevauchant des Serlots – d'énormes félins, rapides et féroces.

– Je croyais que tu t'étais changée en pierre, fait-elle, puis j'ai appris qu'on avait volé le parchemin ancestral…

– Ah ! C'est ça que tu cherches ? s'écrie Raya en le lui lançant.

Namaari écarquille les yeux.

– Tu t'es vraiment lancée à la recherche de Sisu ? Tu crois encore aux contes de fées ? Capturez-la ! ordonne-t-elle.

D'un coup de pied habile, Raya déclenche le piège relié à la main du squelette.

Un grondement sinistre retentit et une trappe s'ouvre au-dessus de l'entrée. Une montagne de sable engloutit les guerriers et leurs montures.

Raya et Sisu en profitent pour s'échapper. Tuk Tuk les attend là où elles l'ont laissé. Elles sautent sur son dos et filent vers le port de Griffe du dragon.

Mais les Serlots sont rapides, ils les talonnent… Raya a une idée : elle est sûre que les félins détestent autant l'eau que le Druun.

Arrivée sur le quai, elle ordonne :

– Vas-y, Tuk Tuk, plonge !

L'animal se jette à l'eau et nage vers le bateau le plus proche, surmonté d'un crustacé géant.

Alors que le trio se hisse à bord, un jeune garçon les accueille :

– Bienvenue au Palais de la crevette !

– Où est le capitaine ? le coupe Raya.

– Vous avez devant vous le capitaine Boun, propriétaire, cuisinier, et gérant de ce restaurant. Au menu, nous avons…

– Il faut qu'on file ! s'écrie Raya en lui tendant du jade.

– OK ! fait-il en le fourrant dans sa poche. Au menu, nous avons donc… un départ express !

Boun saisit une longue perche et éloigne le bateau du quai.

Voyant les Serlots approcher, Raya demande :

– Euh, on ne peut passer la vitesse supérieure ?

Sisu se jette alors à l'eau et redevient instantanément un dragon. Elle saisit la coque du bateau et le pousse devant elle en battant de la queue.

Namaari se précipite sur le quai juste à temps pour les voir filer à l'horizon.

– On retourne à Croc, décrète-t-elle. Je dois prévenir la chef Virana.

CHAPITRE 7

Drôle de rencontre

Alors que le bateau file sur la rivière, Raya appelle Sisu.

La dragonne sort de l'eau et s'ébroue avant de reprendre sa forme humaine.

Raya lui explique :

– Faites attention ! Personne ne doit vous voir.

– Pourquoi ça ?

– Les gens s'entretuent déjà pour un morceau de pierre, alors pour un vrai dragon…

Quand Boun pose les plats sur la table, Raya hésite.

– Tu ne veux pas manger ? s'étonne le garçon.

– Qui me dit que tu ne vas pas nous empoisonner ?

– Oh, dans ce cas, tant pis pour toi !

Et il engloutit sa part pendant que Tuk Tuk et Sisu se régalent.

Ils atteignent la capitale de Griffe du dragon au crépuscule. Une fois le bateau à quai, Raya et Tuk Tuk sautent à terre. Sisu les regarde s'éloigner, furieuse que Raya lui ait demandé de rester en sécurité à bord avec Boun.

Le marché est encore très animé, plein de couleurs et de parfums. Mais Raya ne se laisse pas distraire, elle fonce au palais de Dang Hai, où est caché le fragment de Pierre du dragon.

Soudain, un cri la tire de ses pensées. Un bébé pleure, assis à ses pieds.

– Mais… Qu'est-ce que tu fais là ?

Elle ne peut résister à ses petites mains potelées, tendues vers elle, elle le prend dans ses bras.

– Où sont tes parents ?

Soudain, elle voit trois espèces de singes poilus sur le dos de Tuk Tuk. Et horreur : ils s'emparent des deux fragments de pierre !

– Des Ongis ! Rendez-moi ça !

C'est alors que le bébé lui enfonce son chapeau sur les yeux et saute de ses bras pour filer avec les voleurs !

C'était un piège ! Outrée, Raya se lance à leur poursuite. Pour la ralentir, le bébé lui lance sa couche, mais Raya l'évite. Enfin, elle réussit à les prendre en sandwich avec Tuk Tuk. Ils sont bien obligés de lui rendre les pierres !

– Merci ! Franchement, utiliser un bébé pour détrousser les gens, c'est culotté.

Le bébé lui tire la langue.

D'après les mimiques des Ongis, elle comprend que leurs parents ont été changés en pierre et qu'ils doivent voler pour survivre. Elle a alors une idée...

– Vous voulez gagner une récompense de manière honnête ? leur propose-t-elle.

Un instant plus tard, les Ongis et le bébé refont leur petit numéro devant les gardes...

et Raya profite de la distraction pour s'introduire dans le palais !

Elle grimpe les marches sur la pointe des pieds et aperçoit un homme gigantesque qui lui tourne le dos. Elle lui pointe son épée entre les omoplates.

– Pas un geste, Dang Hai ! Je veux votre fragment.

L'homme fait volte-face, les mains en l'air.

– Je suis Chai, son jardinier. Voilà Dang Hai !

Du menton, il désigne une imposante statue de pierre barbue.

– Mais qui a récupéré son fragment alors ?

Chai secoue la tête.

– Le chef le plus féroce qu'on n'ait jamais vu.

Pendant ce temps, Sisu n'a pas pu résister. Sous sa forme humaine, elle est descendue du bateau. Sur le marché, elle choisit des cadeaux pour le chef Dang Hai… mais elle n'a rien pour payer. Et elle a maintenant une bande de marchands furieux à ses trousses !

– Mon amie Raya vous remboursera ! Elle a une épée, du jade, deux fragments de Pierre du…

Elle s'interrompt, comprenant qu'elle en a trop dit.

Une vieille dame se fraie un chemin dans la foule.

– Ouste ! Écartez-vous !

En la voyant, les commerçants reculent aussitôt.

La vieille dame prend Sisu par la main.

– Viens, n'aie pas peur.

– Ils sont fous ! Je voulais juste quelques cadeaux pour le chef Dang Hai.

La dame hausse les sourcils, intéressée.

– Ah oui ? Je le connais. Je vais te conduire à lui.

– C'est gentil ! Mon amie Raya a tort de dire qu'on ne peut faire confiance à personne !

La vieille dame la conduit hors de la ville, derrière une grande porte, en pleine jungle. Sisu aperçoit une silhouette au milieu de la végétation.

– Bonjour, chef Dang Hai, je…

Mais il s'agit une statue de pierre… En réalité, elle se trouve au milieu d'un cimetière ! Un sifflement sinistre résonne à ses oreilles. Un Druun fonce droit sur elle ! Mais soudain, une lueur bleue le fait reculer. La vieille dame brandit un fragment de Pierre du dragon. Sisu s'est fait piéger ! Cette femme est en réalité Dang Hu, la mère de Dang Hai, la véritable chef de Griffe du dragon.

Elle plisse les yeux.

– Maintenant, tu vas me dire où je peux trouver ces autres fragments… ou je te laisse à la merci de cette chose, menace-t-elle en désignant le Druun. À toi de voir !

– Mais… Je vous ai fait confiance, bafouille Sisu.

– Tu n'aurais pas dû ! Allez, parle, sinon…

C'est alors que *VLAN !* la grande porte s'ouvre brusquement et que Tuk Tuk déboule à toute allure. Raya hisse Sisu derrière elle sur la selle, puis elle se penche, arrache le fragment des mains de Dang Hu et le confie à Sisu.

– Tenez-moi ça, s'il vous plaît.

Dès qu'il entre en contact avec sa main, un nuage de brouillard envahit les lieux, effrayant le Druun. Le trio profite de la panique pour renverser la vieille dame et repartir à toute allure en ville.

– Du brouillard ? s'étonne Raya.

– Oui, c'était le pouvoir de mon grand frère Jagan, explique Sisu.

Quand ils arrivent sur le bateau, les trois Ongis et le bébé sont en train de déguster la cuisine de Boun.

– Merci de m'avoir envoyé des clients, Raya ! dit-il.

Mais Sisu ne veut pas manger. Abattue, elle regarde s'éloigner les lumières de Griffe. Elle ne comprend pas ce monde où l'on ne peut plus faire confiance à personne !

CHAPITRE 8

Arrivée à Dos du dragon, Sisu reprend espoir. Elle saisit une marmite de soupe et saute à terre.

Raya se lance à sa poursuite.

– Qu'est-ce que vous fabriquez ?

– Je vais te montrer que si on fait d'abord confiance aux gens, ils te le rendent… Qui veut de la bonne soupe ? hurle-t-elle.

Et *vlan !* un grand sac en toile de jute s'abat sur elles. Elles se retrouvent ligotées et suspendues dans les airs dans une sorte de hutte.

– Bon, d'accord, j'aurais peut-être dû réfléchir avant d'agir, reconnaît Sisu.

Un homme gigantesque se tient face à elle. Vêtu de fourrures, il a une barbe noire et un cache-œil. Mais ce qui attire le regard de Raya, c'est surtout son énorme hache…

– Ainsi, vous avez l'intention de dérober notre fragment ?

– Non, qu'est-ce qui vous fait croire ça ? réplique Raya.

Il retourne son sac et les trois fragments tombent en tintant sur la table.

Mais soudain *CRAC !* Tuk Tuk défonce la porte et fait irruption dans la hutte, avec les Ongis et le bébé sur le dos. En deux temps trois mouvements, ils saucissonnent le grand guerrier !

Boun les rejoint, l'air inquiet.

– L'armée de Croc est là.

La voix de Naamari résonne :

– Peuple de Dos du dragon, nous sommes à la recherche de Raya, une fugitive de Cœur. Livrez-la-nous ou nous viendrons la chercher !

Jetant un coup d'œil par la fenêtre, Raya s'attend à voir d'autres guerriers sortir de chez eux. Mais la rue demeure déserte.

– Où sont-ils tous ? s'étonne-t-elle.

– Mon peuple a affronté vaillamment le Druun… mais il a perdu, avoue le grand barbu.

– Comment t'appelles-tu ?

– Je réponds au nom de Tong.

– OK, Tong, tu sais comment sortir mes amis d'ici discrètement pendant que je distrais ma vieille amie Namaari ?

Le guerrier plonge ses yeux dans les siens comme s'il tentait de déchiffrer son âme, puis il hoche lentement la tête. Elle tranche ses liens et, pendant qu'il file mettre ses amis et les fragments à l'abri, elle sort de la hutte.

– Namaari, quelle surprise !

– Donne-moi les fragments.

Raya porte la main à sa ceinture.

– Mon épée ne veut pas.

Aussitôt les soldats de Croc avancent d'un pas.

– Oh, tu es venue avec toute ton armée, cette fois ? Tu avais peur de ne pas savoir te débrouiller seule ? la défie Raya.

Namaari lève la main pour arrêter ses troupes.

– Ne bougez pas, ça ne prendra pas longtemps.

Les deux ennemies se lancent dans un combat sans merci. Mais alors que Raya pense avoir le dessus, elle trébuche sur le sol gelé, Namaari en profite pour la désarmer. Elle prend son élan, se préparant à porter le coup fatal… mais soudain, un épais brouillard envahit les lieux. Sisu surgit sous sa forme de dragonne, crachant des nuages de brume.

Terrifiés, les soldats prennent leurs jambes à leur cou. Namaari reste figée sur place, les larmes aux yeux.

– Sisu…

Raya en profite pour se relever et filer, en faisant signe à ses amis de la suivre. Comme ils la fixent, stupéfaits, elle hausse les épaules.

– Oui, je sais, c'est un dragon, et alors ?

De retour sur le bateau, Boun se plante devant Raya, bras croisés.

– Quand avais-tu l'intention de nous prévenir ?

Tong, lui, s'agenouille devant la dragonne.

– Pourquoi êtes-vous revenue parmi nous, puissante Sisu ?

– Eh bien, pour sauver Kumandra et ramener tout le monde à la vie, tiens !

– Alors je veux vous aider ! s'écrie Boun en se mettant à genoux également.

Les trois Ongis et le bébé l'imitent. Le grand guerrier détache une bourse de sa ceinture et lui tend… le fragment de Dos du dragon ! Quand Sisu le prend, une goutte de pluie se met à tomber, puis une autre…

– Le pouvoir de mon grand frère Pengu !

Elle s'élance dans les airs et tournoie, à l'aise comme un poisson dans l'eau, bondissant de goutte en goutte. Le soleil lui donne un éclat doré. Puis elle plonge dans

la rivière, les éclaboussant tous au passage.

La petite bande rit, le cœur empli de joie. Comme le monde devait être beau, peuplé de dragons d'eau !

– Allez, capitaine Boun ! Cap sur Croc du dragon ! ordonne Raya.

CHAPITRE 9

Changement de plan

Il ne leur reste plus qu'un seul fragment à récupérer, mais ce sera le plus difficile.

Esquissant des mouvements d'arts martiaux, Boun affirme :

– J'ai un plan. J'attaque en premier, puis vient Tong avec sa hache hachement hacheuse. Pendant qu'on distrait la chef Virana, les Ongis et le bébé s'introduisent dans le palais pour

voler le fragment et… voilà ! Super plan, non ?

Sisu propose :

– Et si on s'introduisait dans le palais pour offrir un joli cadeau à Namaari en lui demandant : « Hé, tu ne voudrais pas nous aider à sauver le monde ? Il ne nous manque qu'un seul fragment ! » Et là, elle s'écrierait : « OK ! Il suffisait de demander gentiment ! » et voilà, on est amies pour la vie !

Raya secoue la tête.

– Je préfère encore le plan de Boun.

– Je suis sûre qu'au fond, elle veut arranger les choses autant que nous, insiste Sisu, déçue.

– Vous n'étiez pas là quand elle m'a trahie !

– Monte sur mon dos, je vais te montrer quelque chose, décide Sisu.

La dragonne prend son envol. Raya voit le bateau devenir de plus en plus petit. Puis elle suit des yeux la rivière Kumandra qui, de là-haut, a la forme d'un dragon. Sisu pique vers le sol au niveau du Cœur. La gorge serrée, Raya reconnaît l'arche de pierre. La dragonne descend dans la chambre secrète.

– C'est ici que tout a commencé, déclare-t-elle.

– Je sais, j'étais là, je vous signale.

– Non, je veux dire, il y a cinq cents ans.

Sisu écarte les feuilles qui cachent les quatre grandes statues de dragons.

– Je veux te présenter mes frères et sœurs.

Elle désigne un à un les dragons de pierre.

– Voici Pengu, l'aîné. Il a pris une grosse goutte contenant le pouvoir de la pluie, puis Ambu y a ajouté la lumière. Jagan y a soufflé son brouillard. Pranee lui a transmis son pouvoir de métamorphose… et la goutte s'est changée en pierre précieuse. Ils se sont alors tournés vers moi, la plus petite. Je ne sais pas pourquoi, étant donné que je n'étais pas bonne à grand-chose. Mais leur confiance m'a donné confiance. Je me suis sentie plus forte, prête à réussir l'impossible… Et je pense que ce serait pareil pour Namaari.

Raya ne répond pas. Elle aimerait croire Sisu, vraiment, mais elle ne pourra jamais pardonner Namaari…

En ressortant sur le pont, elle aperçoit la silhouette de pierre de son père.

Elle est prête à tout pour le revoir, alors elle murmure :

– D'accord, on va suivre votre plan.

Tout excitée, Sisu secoue sa crinière.

– Qu'est-ce qu'on va lui offrir alors ?

– J'ai une idée.

Elle sort de sa poche le pendentif.

CHAPITRE 10

Les retrouvailles

Malgré les doutes du reste de la bande, Raya a envoyé les Ongis et le bébé porter discrètement le pendentif à Namaari avec un message lui proposant un marché : elle leur donne son fragment et, en échange, ils sauvent le monde.

Maintenant, il faut attendre sa réponse. Soudain, une fusée rouge éclate dans le ciel. C'est un oui !

Tout le monde se lève, prend ses armes et saute à terre. Sisu promet de rester cachée tant qu'ils n'ont pas l'assurance que Namaari est de leur côté.

Au point de rendez-vous, les deux anciennes ennemies se toisent du regard un moment. Puis Namaari s'avance et pose le fragment sur un rocher.

C'est alors que la dragonne jaillit des bois en criant :

– Le dernier fragment !

À sa vue, Namaari s'incline respectueusement.

– Bon, il est temps de recoller les morceaux, dit joyeusement Raya.

Mais alors qu'elle se penche pour sortir les autres fragments de son sac, elle entend un clic menaçant. Namaari la vise avec une arbalète.

– Sisu vient avec moi. Avec tous les fragments !

– Namaari, je sais bien que tu ne veux blesser personne, dit la dragonne en s'approchant. Tu veux juste un monde meilleur, comme nous tous.

Namaari hésite et bredouille :

– Sisu…

– J'ai confiance en toi, Namaari.

Mais pas Raya. Croyant voir le doigt de son ennemie bouger, elle tire son épée et se rue sur elle.

Elle entend alors le cliquetis de l'arme. La flèche va se planter dans le cœur de Sisu. La dragonne tombe en arrière, dans la rivière.

– Sisu ! Non ! crie Raya en tendant la main vers l'eau.

Le reste de la bande la rejoint, mais elle ne s'en rend même pas compte. La rivière bouillonne, le niveau commence à baisser.

– Le dernier dragon a disparu, l'eau va s'en aller et plus rien n'arrêtera le Druun, déclare Tong.

Effectivement, des ombres émergent de partout pour envahir la cité de Croc.

Boun se retourne.

– Raya…

Il ne reste sur le sol que le sac avec trois fragments. Raya a disparu.

CHAPITRE 11

La Pierre du dragon

Dans la cité de Croc, c'est le chaos. Les gens fuient en hurlant pour échapper au Druun. Brandissant son fragment pour se protéger, Raya fonce au palais. Elle trouve Namaari dans la salle du trône, agenouillée aux pieds de sa mère pétrifiée.

En l'entendant arriver, elle se retourne et tire ses deux couteaux. À nouveau, les éternelles ennemies s'affrontent. Mue par la rage, Raya désarme aisément Namaari. Quand celle-ci se retrouve sans défense, elle serre le pendentif de Sisu dans son poing en sanglotant.

– Je n'ai jamais voulu tout ça.

– Menteuse ! réplique Raya.

– Sisu, elle, me croyait. Elle avait confiance en moi. C'est parce que tu n'as pas voulu me faire confiance qu'on en est arrivées là !

Raya hésite : elle peut se venger en la tuant, mais est-ce vraiment ce qu'elle souhaite ? Qu'est-ce que Sisu et son père auraient voulu ?

C'est alors qu'elle entend résonner son nom. Par la fenêtre, elle aperçoit toute sa bande, armée de fragments, qui aide les habitants de Croc à échapper au Druun.

Laissant Namaari à terre, Raya rejoint ses amis.

Elle aide un groupe d'enfants terrifiés à grimper sur le dos de Tuk Tuk. Il fonce à pleine vitesse quand un Druun lui bloque le passage. Les enfants hurlent, mais une silhouette s'interpose, brandissant un fragment pour le faire reculer.

Raya n'en croit pas ses yeux : Namaari est venue les aider ! Mais elle n'a pas le temps de se réjouir car le sol tremble. Tout s'écroule autour d'eux. La petite bande recule, dos à dos. Ils sont encerclés par le Druun.

– La magie s'épuise ! s'écrie Tong. Les fragments sont en train de s'éteindre !

Raya a alors une idée.

– Donnez-les-moi ! Ce n'est pas une question de magie, c'est une question de confiance. Si on se fait tous confiance, ensemble on peut y arriver. C'est ce que voulaient dire mon père et Sisu !

– Après ce qu'elle a fait ? On ne lui fera jamais confiance ! décrète Boun en regardant Namaari d'un air dégoûté.

– Alors je vais faire le premier pas, décide Raya.

Elle pose son fragment dans la paume de son ancienne ennemie.

– Raya, non ! hurle Boun.

Trop tard, le Druun la traverse. La dernière chose que voit Raya avant d'être changée en pierre, c'est le visage dévasté de Namaari.

Personne ne sait quoi faire. Boun s'approche alors de Namaari pour déposer le fragment dans sa paume. Avant que le Druun le traverse, il rejoint Raya et se retrouve figé main dans la main avec elle, comme un enfant et sa mère.

Namaari sent quelque chose s'agripper à sa jambe. C'est le bébé qui veut lui donner son fragment. Tong le prend dans ses bras et confie leurs deux fragments à la princesse de Croc. Il est pétrifié avec le bébé dans ses bras, et les Ongis à ses pieds.

Namaari a désormais tous les fragments de Pierre du dragon. Elle pourrait filer en échappant au Druun, mais son regard tombe sur la statue de Raya et, dans ses yeux, elle voit le même espoir, la même confiance que dans ceux de Sisu.

Elle se met à genoux et rassemble les morceaux, brillant faiblement, pour reformer la Pierre du dragon. Puis elle pose la main sur l'épaule de Raya, juste au moment où le Druun la traverse.

Alors la Pierre s'éteint complètement. Le monde est plongé dans la nuit. On n'entend que le sifflement du Druun, qui hante les rues désertes à la recherche d'une nouvelle victime.

Mais soudain, au cœur de la Pierre, une étincelle s'allume, puis brille de plus en plus fort… et *BOUM !* elle explose ! Le cercle de lumière rayonne dans toutes les terres et chasse l'obscurité. Il fait disparaître le Druun ainsi que tous ses doubles !

Des nuages noirs s'amoncellent dans le ciel. Le tonnerre gronde, tel un dragon qui se réveille, puis une pluie drue se met à tomber. Elle tombe sur les ruines de la cité de Croc, sur les villages gelés de Dos, sur les déserts de Queue, sur le marché de Griffe… Elle remplit toutes les rivières asséchées de Kumandra.

Quand la pluie tombe sur les statues, la pierre fond. Et les gens reviennent à la vie.

Raya ouvre les yeux : elle est vivante ! Et ses amis aussi, y compris Namaari !

– Ça a marché ! s'écrie Boun.

Dans toute la ville, les gens se réveillent et s'étreignent. C'est la fête au milieu des ruines !

– Tuk Tuk ! s'exclame Raya en voyant son ami rouler vers elle.

Puis un mouvement dans le ciel attire son regard. Les dragons sont revenus ! Quatre majestueuses créatures ondulent dans le ciel, sous les yeux émerveillés des humains.

Une boule fend les airs et se déploie alors… c'est Sisu ! À la vue de ses frères et sœurs, elle pousse un cri de joie.

Namaari baisse la tête, les larmes aux yeux. Pour lui prouver qu'elle ne lui en veut pas, Sisu s'enroule autour de Namaari, de Raya et de tous ses amis pour les serrer dans une tendre étreinte.

FIN

Épilogue

Le soleil se lève lorsque Tuk Tuk débarque à Cœur du dragon avec Raya sur son dos. Une silhouette attend au milieu du pont, un peu perdue.

– Ba ! crie Raya.

– Jolie fleur ?

Elle saute au cou de son père, en larmes. Elle attend ce moment depuis tant d'années ! Elle ne veut plus jamais le lâcher.

Mais il s'écarte soudain pour s'incliner devant Sisu.

– Vous pouvez être fière de votre fille, chef Benja, déclare la dragonne. Vous lui avez enseigné la confiance, et elle a sauvé le monde. Mais j'espère que vous ne lui en voudrez pas… Elle a amené des amis !

À l'autre bout du pont, le chef Benja aperçoit Namaari et sa mère, la chef Virana, mais aussi Tong, le bébé et ses parents, les Ongis, et des centaines de personnes venues de Queue, Griffe, Dos et Croc…

Ensemble, ils sourient.

TOUS TES HÉROS SONT SUR :

WWW.BIBLIOTHEQUE-ROSE.COM

TABLE